수거물
폐기물

수거물 폐기물

초판 1쇄 발행 2015년 9월 10일

지은이 신주희 **그린이** 문크 **펴낸이** 윤혜준
편집장 구본근 **책임편집** 김정은
본문 디자인 디.마인_신수정

펴낸곳 도서출판 폭스코너 **출판등록** 제2015-000059호(2015년 3월 11일)
주소 서울시 마포구 성미산로16길 32 2층(우 03986)
전화 02-3291-3397 **팩스** 02-3291-3338
이메일 foxcorner15@naver.com **페이스북** www.facebook.com/foxcorner15
종이 일문지업(주) **인쇄** 대신문화사 **제본** 국일문화사

ⓒ 신주희·문크, 2015
ISBN 979-11-955235-1-1 03810

* 이 도서의 국립중앙도서관 출판예정도서목록(CIP)은 서지정보유통지원시스템 홈페이지(http://seoji.nl.go.kr)와
  국가자료공동목록시스템(http://www.nl.go.kr/kolisnet)에서 이용하실 수 있습니다.
  (CIP제어번호:CIP2015022714)

수거물
폐기물

글 신주희
그림 문크

폭스코너

우선, 당신은 자유다.

내가 수거한 것들 중에서, 혹은 폐기한 것들 중에서
당신은 당신이 찾고자 하는 것을 갖거나 버릴 수 있다.

나는 원하는 것을 갖기 위해 이 글을 쓰지 않았다.
원하는 것이 무엇인지 알기 위해 이 글을 썼다.

같은 이유로 나도,
당신의 선택으로부터 자유다.

신주희

차 례

페기물

Part 1
———

사랑을 그려보라면
망설임 없이 그려지는 얼굴

서늘한 새벽 공기,
혼자 깜빡거리는 신호등,
급하게 유턴하는 자동차,

고요한 놀이터,
술 취한 남자의 노래,
노란색 가로등 하나,

가로등 둘, 가로등 셋, 가로등 넷.

보고 싶은 사람이 있어 무작정 기다려봤다.

그걸로 됐다.

은행에서 문득,
누군가를 믿는 일에
복잡한 서류와 증명 과정이 필요하다는 사실을 깨닫는다.
내가 나임이 분명한데도
그것이 서로 간의 상처를 최소화하는 데
가장 합리적인 방법이라 사람들은 믿는다.

가장
근본적인 것을
증명할 것.

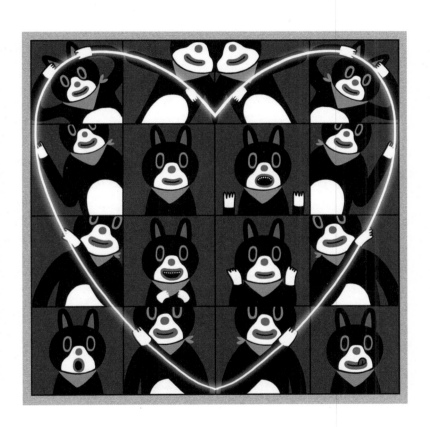

13

행복은 경험하는 거라고 생각했다.

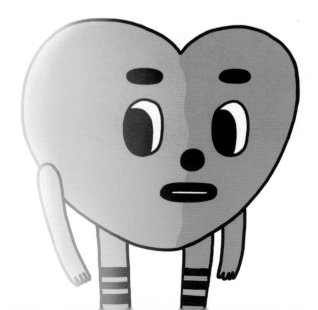

지나고 보니,
행복은 기억하는 거였다.

당신이 안 되는 이유 백만 스물한 가지.
당신이 되는 이유 딱 한 가지.

문득, 마음이 심플해진다.

내가 너를 정말 많이 좋아하고 있었구나.

검은 상복을 입은 여자가
장례식장 앞 화단에 걸터앉아
아이스크림을 먹고 있다.

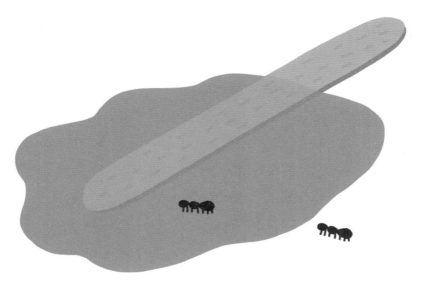

아직,
삶은 달콤하다.

어떤 계절은 시간이 흐르지 않는다.
그저, 너를 중심으로
뱅글뱅글 돌아가고 있을 뿐이다.
너는 움직임 없는 하나의 풍경.
이를테면, 이 계절 같은.

장례식:
누군가의 삶이 끝났음을 알리는 의식.

결혼식:
누군가의 연애가 끝났음을 알리는 의식.

시간을 케이크처럼 잘라서 단면을 보여준다면,
누구는 태어나고 누구는 죽고,
누구는 사랑을 나누고 누구는 헤어지고,
먹고, 싸고, 자고, 놀고.

모르겠다.
맛보면 가늠할 수 있을지.

인생은 아몬드, 바닐라, 와사비,
고춧가루, 마늘, 생강, 허니 크런치,
별 다섯 개 반짜리 시럽을 첨가한
트리플 에스프레소.

가까이 있지만 늘 멀기만 한 너.
그러니 우리는 오래 만날 것이다.

늘 내 옆에 있다 금방 가버린 것같이.
사랑을 이루는 단 한 가지 감정, 아쉬움.

눈물 한 바가지 흘리고 먹는 쫄면에
쫄깃하고 탱탱한 삶의 옆구리가 보인다.

그 어떤 판단체계로도 포착할 수 없는 너.
내가 너의 삶을 다시 살아볼 수는 없더라도, 적어도
그러려고 노력할 때만 나는 겨우 너에 대해 알게 된다.
너를 온전히 이해하기 위해서는 어쩌면 나의 평생이 필요할지도.

그래, 사랑해,
너의 예측할 수 없음을.

새삼 새삼스러운 발견.

세상은
남자, 여자, 혼자.

당신을 웃게 할 수는 없어요.
다만, 당신의 우울함에 함께할 수는 있어요.

다이어트의 기본.

모든 뚱뚱한 사람 안에는
밖으로 탈출하기만을 기다리는
홀쭉한 사람이 숨어 있다, 는 믿음.

울어.
슬플 때는 울어야 해.

그러다 보면 툭, 하고
슬픔이 허물어지는 게 느껴질 거야.

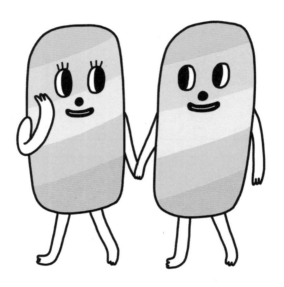

너를 만날 때는 색도 그냥 색이 아니지.

너의 빨강
너의 파랑
너의 초록

너와 함께 있을 때만
존재하는 빛과 색.

너.

사랑이 어떻게 생겼는지 그려보라고 하면
아무 망설임 없이 그려지는 얼굴.

우리는 서로를 물고 뜯으며 영혼의 질감과 무게를 가늠한다.
날이 뾰족하게 올라온 말들로 서로의 가슴에 못질을 하며
비로소 마음의 견고함을 이해하게 된다.

함께 산다는 건 그런 것.

부서질 때까지 부딪쳐
부서진 만큼 납득하는 일.
그러면서 꾸역꾸역 서로의
일부로 메워지는 일.

사랑은 늘 그 자리였다.
사람이 움직였을 뿐.

나는 아무 때나 잠들 수 있는 사람이 되었다. 같은 꿈을 여러 번 꾸는 사람. 그리하여 꿈의 끝에 가본 적 있는 사람. 아무 데서나 한 생각에 몰두하고, 무엇이든 당신과 연관 짓는 능력이 생겼다. 그리움을 견디는 일쯤은 밥을 먹고 잠을 자는 일처럼 아무렇지도 않은 사람. 다만 어떤 날만은 그 모든 것이 순식간에 허물어져버리는 것이다. 나 혼자 남아 있을 까마득한 시간들을 쳐다보고 있으면.

되는 일이 없다.

한숨을 내쉬는 순간,
그나마 그 덕분에
이 정도 인간 구실을 하고 있는 것은 아닐까, 라고 되뇌는
이 슈퍼 울트라 긍정 파워.

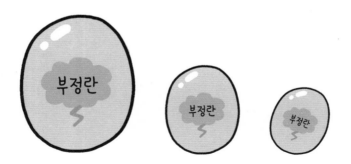

나의 본능적인 욕망 중 하나는 정확해지고 싶다는 것이다. 몇 시, 몇 분, 몇 초. 그 안에서 누구에게나 쉽게 지칭될 수 있는 보편을 갖고 싶은 것이다. 그리하여 선과 원 안에 안전하게 숨는 것이다. 누군가의 호명에 조용히 손을 들고 그저 네, 라고 말할 수 있는 순한 안락.

하루해가 퇴근길 버스 정류장 모퉁이에 걸리면,
그곳엔 어김없이 군밤장수 김씨 부자가 있다.
김씨 허리춤에 묶어둔 한 뼘 땅으로
온 세상이 기울어지는 줄도 모르고,
아들에겐 물려주고 싶지 않다던 한겨울 사거리,
그 길 위에서 깐 밤과 안 깐 밤과 까지 못할 밤과
까야 할 밤을 고소하게 뒤섞고 있다.

아버지가 되어도 알 수 없는 건 순간 쩍,
하고 벌어지고 툭, 하고 튀어나가는
밤이란 놈. 사실은 그랬다.
겨울밤이 김씨 부자에게
그렇게 길기만 한 것은 아니었다.
아무도 몰래 온 지구를 태우는 시간엔
군밤장수도 군밤장수의 아들도 단돈 2천 원에
세상을 척, 하고 팔 만큼 인심이 두둑해진다.
혹시, 그을린 지구를 한 번이라도 맛보았다면
군밤장수 김씨 부자에게 감사하시길.
누가 상상이나 했을까.
종이봉투에 담긴 따스한 우주를.

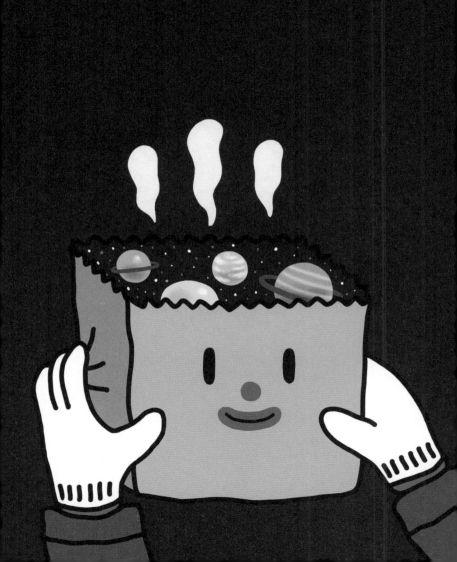

미래의 어느 순간 우리는
기억 속에 점 하나를 갖게 될 것이다.
포물선을 그리며 느릿느릿
너와 나를 향할 그 점 속에는
별과 별 사이를 방황하며 흘리던 눈물 자국과
실오라기 하나 걸치지 않은 투명한 일상이
제각각의 무게와 밀도만큼 아득히 번지고 있을 것이다.
서로의 거리만큼 소용돌이를 그리며 맞물리는 오늘도
속도를 이기지 못해 튕겨나가는 너와 나의 꿈들도
미래의 어느 순간, 그 순간에는
시계추처럼 매달린 저편의 기억으로
촘촘하고 견고한 마침표를 향해 나아갈 것이다.
사금파리처럼 짧게 빛을 내던 우리의 사랑도,
억만 년을 품고 길게 떨어지던 우리의 이별도,
찰나가 없는 듯 숨을 몰아쉬는 저 은하수처럼.

— 별의 탄생에 대해 생각하다가, 한밤중 무한 별 타령

부디, 영원이란 맹세는 하지 않기를.
마음이 다하면 사랑하는 동안 멈춰뒀던 시간은
다시 흘러야 하는 것.
여리고 고왔던 기억으로 남아 빈손을 흔들어줘야 하는 것.
영원이란 단어는 결코 우리의 것이 아니니.

사랑한다는 말보다 먼저 해야 하는 것,
마음이 다하면 보내주겠다는 굳은 맹세.

나는 미디엄!

완전 날로 먹긴 싫고
완전 익힌 것도 싫어.

살맛이 살짝 배어나오는 그 정도.

나는 딱 미디엄으로.

사람은 끊임없이 움직여야 하는 숙명을 가졌다.
움직이며 자신의 모난 부분을 갈고닦아야 하는 운명.
사람이 둥글어지면 사랑이 된다는 거.
때문에 사람에게 가장 귀한 가치가 사랑이라는 거.

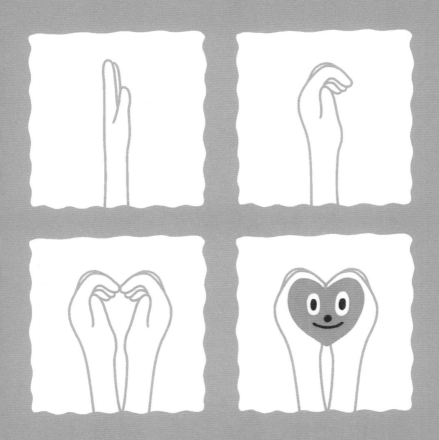

삶의 방식은 결코 다르지 않아.
오래 존재하는 것이 진짜가 되는 거야.

생각보다 자주,
차가운 사람이 상처를 덜 준다는 걸 깨닫는다.

사람이 여행을 발견한 건지.
여행이 사람을 발견한 건지.

여행은 자기도 모르던 자신을 찾아가는 과정.
낯선 나와 정면으로 마주 설 수 있는 기회.

그리고 마침내,
내 안의 세계와
내 밖의 세계가 닿아 있음을
확인하는 찬스.

슬픈 일이 좀 있어야겠다.
아무 병이 없으면 이내 맥이 떨어지는 生.
슬픔은 무형으로만
존재하는 삶에 견고한 형체를 불어넣어준다.

금일 완전 절대 휴업.
삶에 일보다 중요한 것,
사실은

쉼.

사람이 공포를 느끼게 되는 순간은
온전히 모르는 것이 자신에게 다가올 때다.
그리고 자신이 딛고 있는 현실이 얼마나 취약한지 자각할 때다.

어느 순간 엄마가 돼버린 것처럼.

Part 2

───

더 가까이
좀더 가까이

♥

사랑은 질문이다.
당신은 누구인가요?
내 마음을 이렇게 흔들어놓고, 왜 아무런 말이 없나요?
나는 당신에게 무엇이죠?
그래서 우리는 얼마나 더 견고해질 수 있나요?
무엇보다, 내가 이렇게나 모자란데
당신은 이런 나를 사랑해줄 수 있나요?

듣고 싶은 말이 많아진다.
사랑에 빠지면.

♥

요즘 사람들은 점점 인공적이고 정교해져가는 과정에 대한
거부반응 같은 것을 갖고 있는 것 같다.
자꾸만 기계적으로 아날로그, 아날로그 한다.

측은…

율마라는 식물이 있다.
키우기가 쉽지 않다고 했다.
까다롭다는 면에서 다시 한 번 딱 알맞은 식물이라고 생각한다.
더도 말고 덜도 말고 일주일에 두 번 정도
적당한 양의 물을 줘야 한다.
바람이 드는 곳에 몇 시간쯤 놓아두기도 해야 하고,
가끔은 손으로 잎을 만져 자극도 주어야 한다.

정말 딱, 좋다.
사랑이 끝나 혼자 남은 사람에게.

사랑에 빠진 여자의 거짓말처럼
진실한 것이 또 있을까.

사랑에 빠지는 일은
최선을 다해
그 사람을 오해하는 일.

태연해질 필요가 있다.
삶의 몇몇 상황들에 대해 침묵하고 싶을 뿐,
감추거나 위장하고 싶지 않다.
대책 없이 솔직해지고 싶은 어떤 밤.

사랑하기 위해 사랑했고,
사랑하기 위해 이별했다.

모든 사유는
사랑에서 비롯된다.

가만히 살펴보니, 손이 없다.
무엇을 움켜쥘 줄 모르니 참 가볍겠다.
가벼우니까 날 수 있는 건가?
제 손을 포기하니, 새는 날 수 있었구나.

문득, 한강에서 새 날아가는 소리.

너를 사랑하기 위해서는
내 평생이 필요할지도 모르겠다.
내가 나의 어머니로부터 받은 평생.
내가 나의 어머니로부터 받은 사랑.
아는지 모르는지, 잠든 아기가 빙긋.

사랑이 끝났을 때 우리는 사랑에 상처받은 게 아니다.
사실은, 사람에 상처받은 거다.
그것이 어떤 방식의 사랑이었든……

사랑은 죄가 없다.

다시, 사랑 안 해.

다시, 사람 안 해.

상처받지 않았다면 아무것도 아닌.
버림받지 않았다면 아무것도 아닌.
찢어지고, 부서지고, 넘어지고, 무너지고.

네가 아니었다면 정말 아무것도 아니었을, 나.

그래, 맛은 기분이었어.

**그때 그곳,
그때 그 사람,
그때 그 맛.**

눈과 눈이 만나는 순간,
손과 손이 스치는 순간,
뺨과 뺨이 부딪치고
입술과 입술이 떨리는 순간.

내가 아는 한 진실은 그 순간을 산다.
절대 놓치지 마시길.

덜컥 사랑에 빠지는 일, 죽도록 그리워하거나 미치도록 매달리는 일, 문득문득 떠나고 별안간 돌아오는 일, 끝도 없이 가벼워지거나 기어이 가라앉는 일. 어른이 되면 꼭 해보고 싶었던 일. 어른들은 이미 하고 있을 거라 철석같이 믿었던 일.

그렇다면 나는
아직 어른이 덜 되었거나,
이미 너무 늙어버렸거나.

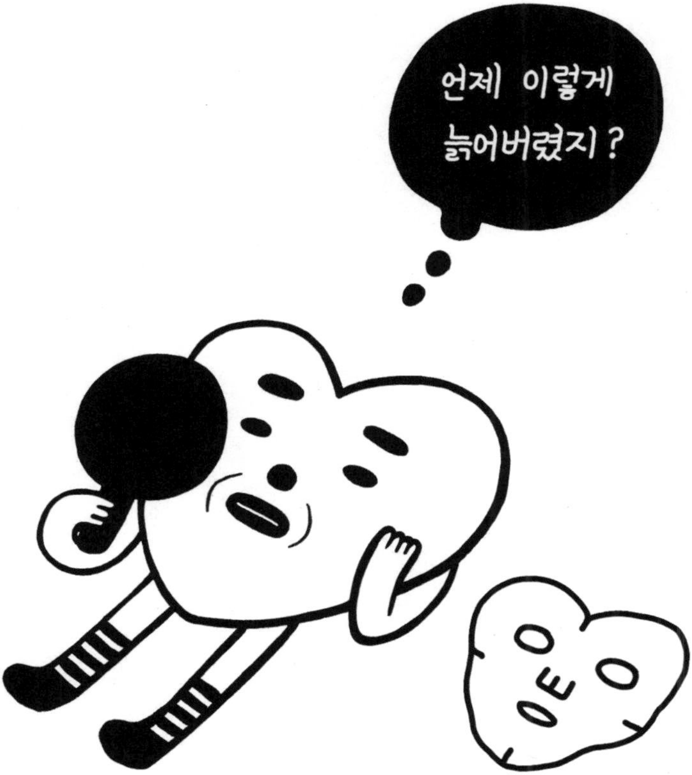
언제 이렇게
늙어버렸지?

느리고 고요한 밤,
깊고 푸른 밤,
아주 길거나 아주 짧은 밤,
짜릿하고 아찔한 밤,
잠들 수 없이 덥거나 혹독하게 추운 밤,
달이 뜨거나 별이 지는 밤,
뒤척이는 밤, 혹은
깨고 싶지 않은 밤.

남자가 여자를 이해하기 위해,
혹은 여자가 남자를 이해하기 위해,
우리에겐 반드시 이런 밤이 필요하다.

사랑을 한다는 건 너의 왼뺨에 나의 오른뺨을 부비는 일이다.
입과 입을 열어 온도를 나누는 일이다.
가슴과 가슴을 부딪쳐 상처를 가늠해보는 일이고,
무릎과 무릎 사이 좁힐 수 없는 간극에 대해 이해하는 일이다.
그리하여 몸속에 떠다니는 수많은 말들을
손끝으로 낱낱이 만져보는 일이다.

사랑은 욕망의 현상이고,
욕망은 사랑의 본질이다.
내가 욕망하는 사람이 더 이상 나를
욕망하지 않을 때,
우리는 절망한다.

더 이상 뜨거워지지 않음을 인정할 수밖에.
모든 것에 열정을 강요하는 세상에게
나는 차갑게 굳은 엿을 던진다.

차라리 차가워지겠다.
가슴의 온도를 낮추고 조금 천천히 너에게로 다가가겠다.
냉정하게 욕망하고 침착하게 너를 안겠다.

사랑의 방식이 다르다고,
사랑의 온도까지 다를까.

"너는 나를 믿니?"

"당근 믿지. 네 구라가 좀 리얼하고,
 하는 짓이 좀 어설프다 해도 말이야."

그랬다.
신뢰와 불신은 개인의 양심이 아니라,
관계의 성격에 따라 규정되는 것이었다.
누군가에게 급박한 도움을 청해야 하는 순간,
생전 처음 보는 전문가보다
많이 어설픈 친구에게 먼저 연락하는 것을 보면.

친구 아이가!

살면서 내가 한 말 중
가장 진실에 가까운 말.

만약 내 삶이 한 편의 소설이라면,
나는 내가 누구인지, 무엇을 먹고 입으며
어디에 사는지에 관한 것은 말하지 않겠다.
그 대신, 내 주변 사람들에 대해 이야기하겠다.
내가 서 있는 배경과 그 배경을 이루는 사람들,
그 사람들은 누구고 어떻게 만났으며,
또 어떻게 헤어지게 되었는지에 관해.
의미 있었던 만남들과 고통스러웠던 헤어짐들,
그것을 먹고 자란 삶의 깊이와 넓이에 대해.
결국 중요했던 것은 나 혼자만이 아니었다는 깨달음에 대해.
지극히 심심하고 소소한 이 풍경이 사실은
나를 말할 수 있는 유일한 것이었다는 진실에 대해.

만우절에 태어났으면 참 좋았을걸.
인생을 왜 그렇게 농담처럼 사느냐고
물으면 만우절에 태어나서 그렇다고
핑계라도 댈 수 있었을 텐데.

우리는 끊임없이 고쳐 말해야 한다.
못 보면 죽을 것 같은 사람의 이름을,
간직해야 할 것과 버려야 할 것의 목록을,
진짜와 가짜를 가르는 기준을.
혼돈과 오해는 살아 있음의 특권 같은 것.

적어도 사랑에 있어서만큼은.

답이 없다고 생각하면 오히려 더 많은 답이 보이지 않을까.
정답이 하나라고 생각하는 순간부터 긴장은 시작된다.
그 하나의 답을 찾으려고 불안하고 초조하게 보냈던 시간들.
그래서 그게 답이었나, 하면 그것도 아니었는데.

아주 오랜 시간이 지나야 들리는 말이 있다.
마치, 광활한 우주를 몇백 년씩 가로질러야
겨우 빛으로 와 닿을 수 있는 별 같은 말.
어쩌면 누군가의 평생이 고스란히 담겨 있는 말.
간단한 문법 안에 담긴 가장 복잡한 감정의 말.
부분이자 전부. 하나의 덩어리인 동시에 낱낱인 일상의 입자.
하찮고 하찮게 몸속을 떠다니다가 어느 순간 거대한 그리움으로
왈칵 두 눈을 적시는, 엄마의 잔소리.

밥은 꼭 챙겨먹고 다녀라.

더 가까이,
좀 더 가까이,
애를 써서 자세히 들여다보지 않으면
아무것도 안 본 것이나
다름없다는 사실을 깨달았다.

특히 사람은.

사랑하느냐고 물었다.
자꾸, 자꾸.

사랑한다고 대답한다.
바보처럼 뜻도 모르고,

자꾸,
자꾸.

지금까지 사랑은 사람이 하는 일인 줄로만 알았다.

아니다. 몸이 저 알아서 하는 일이었다.

잘했다는 생각이 들었다. 너를 만난 일, 너의 손을 잡은 일, 너와 차를 마시고 산책을 한 일. 온종일 아무 일 없는 하루를 보내고 빈손으로 밤을 맞는 일. 어슬렁거리는 말들과 매캐한 말들, 조곤조곤한 속삭임과 폭죽 터지듯 쏟아지던 웃음. 그곳이 어디라 해도 좋았을 것이다. 하지만 언제나 이쯤에서 해야 하는 것은, 돌아갈 길을 생각해야 하는 것. 적어도 나 같은 속물에게 이 길은 너무 아득하지 않아야 했다.

천천히 걸으면서 너를 추억한다.

별처럼 아득하게,

네가 내 머리 위에 떠 있는 밤이다.

마음이 변하는 것이
큰 죄라고 생각했던 때가 있었다.
순진해서라고 생각했는데,
순진해 보이고 싶었던 때였다.

하지만 이젠 안다.
내 나이에 순진해 보이는 것이
어떤 것을 의미하는지.

혹자는 그것을 철이 없는 것이라 했다.
또 다른 사람은 덜 자란 것이라
바꿔 말하기도 했다.

맞다.
마음에는 배신이 없다.
마음이 거래가 아닌 이상.

폐기물

Part 3

─────────

빰 위에
녹아내리는 눈물

나를 무기력하게 만드는 것은
마음이 변한 애인을 기다리며 견뎠던 폭풍의 밤들이 아니었다.
끝나버린 사랑 따위는 안중에도 없이 말짱하게 오는 아침이었다.
지금까지 함께 밥을 먹은 시간만큼 그는 나를 사랑하지 않았다.

그리고 문득,
나도 나를 그만큼 사랑하지 않았음을 깨달았다.

사랑만으로는
사랑조차
지킬 수 없는
요즘.

사랑과 열정은 원래 한 몸이 아니었음을,
이미 차가워져버린 네 손을 잡으며 깨달았다.

바람이 분다.
날이 춥다.
더 이상 가슴이 뛰지 않고, 입맞춤은 달콤하지 않다.
그럼에도 불구하고 사랑이 유효하다 말하는 당신에게 묻고 싶다.

보고는 싶다, 라거나
지금은 사랑해, 라거나
서로 애걸도 복걸도 하지 않는 쿨한 관계가
도대체 어떤 모양의 사랑인지.
그것이 왜 절망이 되지 않는지.

못쓰겠다. 버려야겠다. 너는 뻔하다.
자만하고 돌아볼 것도 없이 거기 머문다, 장담하고.
절대로 외롭지 않을 거라 말하는, 내가 만들어 나를 닮은 지도.
혼자 떠도는 길 말고는 아무것도 보여주지 않는 지도를 들고
내가 정말, 너를 찾아간다 했었나.

한때는 사랑했기 때문에
이제는 사랑하지 않는다.
한 시절 우리는 봄이고 여름이어서
벚꽃처럼 흐드러지게 웃고 잡초처럼 무성하게 울었다.
한 계절이 가고 또 한 계절이 왔다.

주춤주춤 또 한 시절.

물어물어 친구의 무덤을 찾아갔다. 눈물 한 방울이 나오지 않았다. 한여름 뙤약볕 아래, 눈물 대신 흐르는 땀을 닦으며 나는 어느새 그늘을 찾고 있었다. 작고 빈약한 나무가 만든 그늘 아래 서서 나는 문득 친구에게 미안하다 생각했다. 미안하다, 나는 아직 살아 있구나. 돌아갈 길을 걱정하는 건 여기서 나 혼자뿐이구나.

소멸하고 사라지는 것들이 더 이상은 낯설지가 않은, 늦은 오후.

그때
나의 모험은
풋사과 향처럼
입속 가득 고인
그대의 까아만 눈망울.

첫사랑 그 아이가
어떻게 살고 있는지
궁금해지는 계절.

마음이 다했나 보다, 굳게 믿는다, 무기력을 향해 저벅저벅 걷는다, 눈이 온다, 오후의 눈, 그렇다면 너는 눈, 기억을 덮는 하얀 배, 혼자 걸으면서도 절대 울지 않으려고 힘을 주는 눈동자, 그 눈동자에 매달린 고드름, 뺨 위에서 녹아내리는 눈물.

하얀 바탕에 하얀 발자국들, 어지럽다.

미지근한 슬픔도 있구나.
45도짜리 봄밤 한 잔에
너만 생각하면 몸을 앞서 나가는
팔을 자르고,
다리를 자르고,
하얗게 질린 밤과 함께 뒹구는

소주,
벚꽃,
달빛.

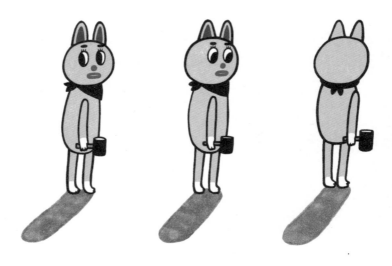

다시 돌아오지 못하도록
너의 가슴에 단단한 못질을 해둔다.

안녕,
우리 서로 잘 가자.

끝났다는 건 어떤 시점을 말하는 것일까.
다시는 만나지 말기로 하고 헤어졌을 때?
다른 사람과 결혼했을 때?
오랜 시간이 흘러 서로의 기억에서 희미해졌을 때?
그것도 아니면 한 사람이 죽었을 때?

오래전 헤어진 애인을 떠올리며 이런 생각을 하고 있다면,
이건 끝난 걸까, 아닌 걸까.

꽃이 너무 예쁘고 나무 빛이 너무 고와서, 좋아하는 고궁도 딱 걷기 좋고, 테라스가 있는 맥줏집도 딱 앉기 좋아서, 당장이 아니면 다시는 봄 구경 못할 것처럼 대놓고 연애하라고, 연애하라고, 살랑거리는 바람까지 좋아서.

나는 봄이 미워.

그의 손을 잡으세요.

때와 장소를 가리지 말고 입을 맞추세요.

과도한 스킨십과 애정행각을 즐기세요.

스스로 순수하지 않다고 주장하세요.

순수하기를 자청한다면 당신은 스스로

순수라는 틀 안에 갇히게 될 것입니다.

욕망을 제거한 사랑은 하느님 말고는 아무도 할 수 없다는 게,

하늘의 공식적인 입장입니다.

순수

인생이 늘
점심시간 같았으면 좋겠다.

당신에게 곧바로 가는 길은 없었다.

나의 말과 당신의 이해 사이 수도 없이 솟아오른 오해의 굽이굽이.

그래도 나는 기어코 당신에게로 향한다.

내비게이션도 통하지 않고, 나침반도 먹통이다.

내가 당신을 사랑한다는 팩트.

단서는 오직 그 하나뿐.

배부른 사람에게 생기는 문제 중 가장 심각한 것은 권태와 허무. 일상의 소소한 먹거리에서 행복을 느끼는 사람일수록 권태에 빠지기 쉽다. 그 나물에 그 밥. 행복의 속성이 반복에서 오는 것이기 때문이다. 그렇다면 특별한 만찬을 즐기는 사람은 어떤가. 매번 줄을 서는 맛집에서 사진 찍고 먹고, 사진 찍고 먹고. 허무에 빠지기 쉽다. 특별함을 추구하는 쾌락의 속성은 일회성에 한정되기 때문이다. 각설하고. 지금 나는 권태롭기도, 허무하기도 하다. 삼시 세끼 그 나물에 그 밥을 먹기도 했고, 줄을 서서 먹는다는 치킨집의 닭다리를 야식으로 뜯기도 했다. 아아, 도대체 어쩌자고. 너는 정말 너를 그토록 허무하고 권태롭게 내버려둘 작정이냐?

야밤에 작작 좀 처먹어, 제발.

마음에서 마음이 사라지는 것.

손에 든 커피처럼 서서히 식는 것.

우리는 작아지고 기어이 점처럼 혼자 남는 것.

온몸의, 그것도 심장의 물이 순식간에 휘발되는 것.

입에서 나온 말이 종과 횡으로 갈라지고

왼쪽과 오른쪽이 끝도 없이 허공에서 엇갈리는 것.

사랑이 지나고 나면

흔적도 없이 사라지고 말 세계.

너 그리고 나.

눈이 오네, 라고 생각하는지.
눈이 오네, 라고 생각하면서
잠깐씩 떠오르는 사람이 있는지.
잠깐씩 떠오르는 사람이 그립진 않은지.
그러면서
올겨울까지만, 이라고 다짐하고 있지 않은지.

전시회에 갔다.
요즘 예술은 예술가가 안 한다.
예술인지 쓰레기인지는 보는 이의
너그러움에 달려 있다.
언제부터 예술이
애써야 보이는 것이 되었나.

추억은
남는 것인가?
남기는 것인가?

같은 말 같지만 다른 말이다. 나는 사진을 잘 찍지
않는다. 렌즈로 보고 느끼는 동안, 나는 더 이상
새로움에 대해 긴장하지 않는다. 기억을 대신해줄
카메라에 의지해서 정작 느껴야 하는 것을 놓칠
때가 많다. 기억의 본질은 망각에 있으므로, 조금씩
내 식으로 고쳐지고 다듬어져 추억이라는 새 이름을
갖게 되므로. 기억과 기록이 다르듯 기억이 남긴
것과 기록이 만든 것은 다르다. 그런 이유로 나는
사진을 잘 찍지 않는다.

〈If Only〉라는 영화
사랑해, 라고 속삭이던 그 입술.

수년 후,
〈If Only〉였던 영화
사랑해, 라고 말하는 내 입술.

끝,

수의처럼 얇고 투명한 기억으로 무덤을 짓는다.
내 속에 들어와 떠날 줄 모르는 너
끝인 줄도 모르고 서성거리는 너
문득 생각나는 너
기억을 더듬거리게 하고
사진을 들춰보게 하는 너
때로는 낮에도 잠들게 하는 너
온 마음과
온몸으로 너를 기억한다, 라고
몇 해 살다 간 너와 나의 시간 앞에 묘비를 세운다.
나는 더 단단해진 눈물을 가질 것이다.
끝이 있어 더 찬란할,

시작.

서두르지 않겠다.
더 이상은 세월에 밀려 힘없이 흐르지 않겠다.
외로운 내가 외로운 나에게 술 한잔 못 사주고
날마다 살아 있음에 진저리 치는,
그런 슬픈 인간은 그만해야겠다.
언 강 위로 던진 돌이 강바닥에 내려앉는 속도로
너의 가슴에도 그렇게 자리 잡겠다.
거기서 다시,
오늘을 시작하겠다.

흰색 운동화가 잘 어울리던 사람. 커피를 마시지 않던 사람. 친구가 없던 사람. 차를 별로 아끼지 않던 사람. 밥보다 술을 더 많이 찾던 사람. 휴대폰을 만질 때 가운뎃손가락을 쓰던 사람. 말을 별로 하지 않던 사람. 면바지가 잘 어울리던 사람. 싫으면 얼굴에 표가 나던 사람. 선거에 민감했던 사람. 예정 없이 떠나는 여행을 좋아하던 사람. 제목도 모르는 옛날 노래를 흥얼거리던 사람. 재미있는 과거를 가지고 있던 사람. 안경이 두 개밖에 없던 사람. 좋아하는 건 모르는데 싫어하는 건 확실했던 사람. 말없이 오래 함께 있어주던 사람. 딸기를 좋아하던 사람. 아님 말고, 가 잘 어울리던 사람. 아침을 먹지 않던 사람. 점심도 늦게 먹던 사람, 그런데도 배고프지 않다던 사람. 누가 자기 얘기 쓰고 있는지도 몰랐던 사람. 나를 잘 안다고 생각했던 사람. 자유로운데 자유롭게 살지 못하던 사람. 참견하는 걸 싫어하던 사람. 참견당하는 건 더 싫어하던 사람. 책을 좋아하던 사람. 코를 만지는 습관이 있던 사람. 손이 예쁜데 그런 건 아무래도 상관없던 사람. 높은 곳에 살던 사람. 비 오는 날 친구 걱정을 하던 사람. 걸을 때 늘 먼저 걸어 나가던 사람. 딱 한 번 가슴 아픈 사랑이 있었던 사람. 터덜거리며 걷던 사람. 미술관과 박물관을 좋아하던 사람. 내버려둔다는 게 뭔지 잘 알던 사람. 선물에 감동하지 않던 사람. 냉면으로 해장하던 사람. 자신을 믿는다고 말하던 사람.

더 이상
현재형으로
말할 수 없는 사람.

아직은 살아 있다,
라는 것이 뜻밖의 행운이라면 행운일까?

사망신고보다는
생존신고를 해야 할 것 같은 요즘.

빨래를 너는 동안, 아무 데서나 불어오는 바람을 맞고 서 있다.
지나간 날을 지운다는 것은 이런 것이다.
꼭 그렇게 매달려 말라가는 일.
추억의 힘으로 나를 이곳에 묶어두는 너,
여러 번 잊어도 다시 그리운.

너를 오라고 할 수 없는 이유,
나처럼 외롭게 만들 순 없잖아.

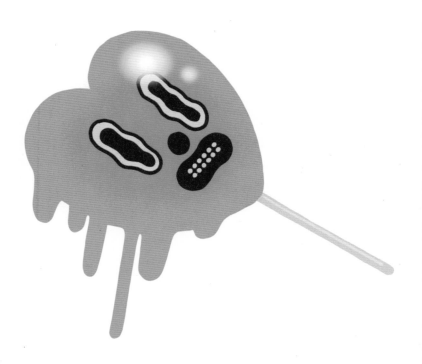

사랑은 소모품이다.
변하지 않는다면 누구도 사랑을 사랑이라 하지 않았을 거다.

화이트데이,
사탕처럼 금방 녹아버릴.

보고 또 봐도 보고픈 연휴와 헤어지고 맞는 월요일,
오늘만큼은 긍정의 힘도 약발이 안 선다.
돌아선 애인의 전화를 기다리는 맘같이 길기만 한,

워···ㄹ요일.

토요일

일요일

약속이 있다는 말,
갑자기 슬프게 들리는 말.
널 못 봐서가 아니야.
문득, 외로움을 들켜버린 것 같아서.

사랑에 끝이 왔다.
그 사랑에 묘비를 세운다면
너는 어떤 말을 남길래?

인간은 어떤 경우에든
아름답지 않은 것에게 사랑을 느끼는 법이 없다고 한다.
나는 너의 어떤 아름다움에 끌려 너를 사랑하게 되었는가?
웃을 때 가지런한 너의 이,
깊이를 알 수 없는 너의 눈,
육안으로 보는 아름다움?
늘 긍정적으로 사람들을 유쾌하게 하는 너의 재주?
뇌안으로 보이는 아름다움?

아니다.

거울을 보듯 바라보고 있으면
내 자신이 비쳐지는 듯한 나에 대한 연민과
감히 스스로는 추스를 수 없었던 외로움,
그 외로움 속에 함께 가고자 했던 용기와
그렇게 살아 있는 세상이
결코 하찮지 않음을 알게 하는 깨달음.
모른다.
너는 모른다.
기억 속에 남겨진 네가 얼마나 아름다운지.

페기물

Part 4

사랑에
유통기한이 있다면

파도 앞에 섰다.
파도는 미련을 부수고 또 부수고.
나도 파도처럼 섰다.
온몸에 매달린 너의 기억을
산산이 놓아버리려 하다가
어쩌면 나만 저렇게 부서져버릴 수도 있겠구나 하고,

다시 뒷걸음질.

먼 것을 기다리고 있다.
내게 스몄던 일상의 조각들을
수챗구멍 속으로 흘려보내며
살덩이만큼 둔탁해진 천국과 당신과
나 사이 짙어진 안개,
그 속으로 숨어드는 알몸의 외로움 또한
괜찮다, 괜찮다, 말하고 있다.

나의 몸은 몇 번이나 수장되었다가
또 몇 번이나 되살아났다가.

먼 것을 기다리고 있다.
온 생애를 다해 올지 모르는 새와 같은 것,
바람과 같은 것을.

목욕을 하다가 문득.

가슴이 목말라 꺼내보았지.
밤새 잠 못 들게 하고
두 눈을 짓무르게 하고
미친 것처럼, 몇 날 며칠을 버스럭거리던.

그랬구나.
그랬던 거구나.

단 한 사람이라도
어쩌면 단 한 사람에게만
말라버린 심장을
보여주고 싶었던 거였구나.

치과에 갔다.
사랑니를 뽑는다.
둔탁해지는 살의 두께로 짐작해보는 상실의 크기.
그것은 원래 짐승의 것이었다지.
태고의 광기를 키우던 곳이라지.
이따금 날카로운 고통으로 야성의 턱뼈를 자극하던.
몰랐다.

그토록 은밀히 사랑니가 자라고 있었다니.
아아, 나는 또 어디에 길들여지는지.

저만 아는 길에
저만 아는 이정표를 흘리며
미로 속에 집을 짓는다.
가끔은
제 집을 못 찾아
울기도 하면서.

화단을 가로질러 달팽이가 지나가는 오후.

땅속을 텅텅 비우고
모조리 돋아나는 맹독의 식물.
제 맘을 쩡쩡 울리고 타들어가는
매미의 허물.
한도 미련도 없어라,
여름은.

당신으로 채워졌다,
당신으로 비워졌다.
후회 없어라.
지난 여름날.

나무 밑에 뒹구는 매미 허물 몇 개.

산다는 것은 활주로 위를 달리는 일이다. 그 위를 달리며 마주치는 사람들과 마주친 시간만큼의 배웅을 받는 것이다. 때로는 부디 잘 가라, 흔드는 누군가의 손짓을 사랑하고 미워하고 그리워했음을 깨닫게 되는 일이다. 그래서 너의 배웅은 여기까지다. 당신, 오래오래 나보다 더 오래 살아라. 살아서 꼭, 내가 세상의 가장자리에 닿는 어느 날 나를 배웅해주면 좋겠다.

우유에 유통기한이 있다는 것은 참 좋은 일.
사랑에 유통기한이 있다는 것도 참 좋은 일.

싱그러운 연애를 맛보게 해준 것도
아름다운 기억을 삼키게 해준 것도
모두 모두 고마웠어.
마지막 날이 있어 더 빛났던 우리.

안녕,
내 사랑.

애초부터 사랑이 우리와 어울리긴 하는 단어인가?

사랑이란 단어 속에는
유일함이 갖는 비극의 냄새와
고결이라는 필요 이상의 결벽,
열정이라는 까다로운 온도와
자신의 목숨도 가볍게 여기는
대책 없는 희생정신이 있다고 배웠는데.

울고불고, 지지고 볶고.

정말, 저 대단한 사랑이라는 범주에
우리가 포함될 수 있긴 한 건가?

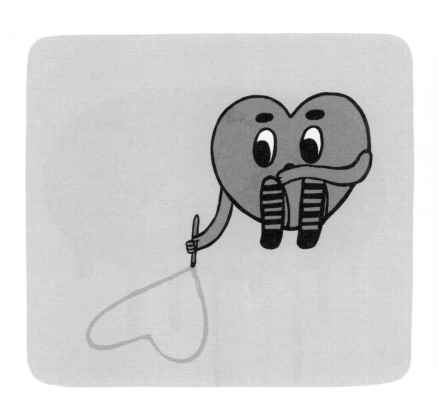

너의 머리를 믿지 마.
너의 심장은 더더욱.

한순간 모든 것이 강렬해지는 것,
질식하는 순간까지도 희열을 느끼는 것,
그래서 사랑은 할 만한 것이라고.

그러나 지금 우리에게는
반복에서 전이된
의무적 습관만이 남아 있지.
나이를 먹으며 사랑을 한다는 건.

금연 사 일째.

오직 한 사람만 보이고
듣기만 해도 숨이 멎을 것 같은 이름이 생기고,
눈물의 맛에 길들여져 아무것도 먹지 못하는 상태.

너를 끊어야 내가 살겠다.

나는 너의 잠을 못 이겨.
나는 너의 친구들을 못 이기고
너의 일과 밥시간을,
너의 약속과 취미를 이기지 못하지.
나는 늘 약자야.
사랑을 하면서 강한 사람은 어디에도 없어.

혼자서 밥 먹는 것이 어색하지 않다.

혼자서 영화를 보거나 산책을 하고

쇼핑을 하는 일이 불편하지 않다.

취한 밤 울컥한 시간들을 넘기는 일도,

말을 아끼거나 마음을 참는 일도 더는 어렵지 않다.

너는 아마 모를 것이다.

너로 인해 내가 얼마나 성숙해졌는지.

사랑이 또 온다고 말해줘, 제발.

당신 마음 편하자고 하는 솔직함은 이기심이야.

하지 마,
그런 고백.

그냥 아는 사이로,
세 번 우려낸 차처럼 담백하게.

당신과 나,
왜 그때 멈추지 못했을까.

첫사랑은 다시 만나지 않아야 좋은데.

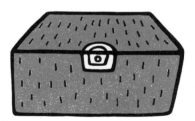

유일하다는 것은 어쩐지 비극의 냄새를 풍기는 것.

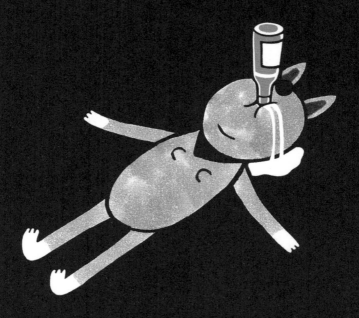

단순 작업을 반복해야만 보이는 것들이 있다. 가령, 사랑이나 이별 같은. 약속하고, 확인하고, 조르고, 애타하는 밤. 사랑에 빠진 전형적인 여자였던 친구는 사랑에 실패한 전형적인 여자로 되돌아왔다. 취하고, 토하고, 욕하고, 전화하는 밤. 이 영양가 없는 감정 소비의 핵심은 흔들림이다. 갈수록 무심해지는 우리를 위한 일말의 여지.

벚꽃이 눈앞에서 후드득 흩어져내린다.
나는 간절하게 무엇인가를 붙잡고 싶어졌다.
그것이 시간인지, 사랑인지는 잘 모르겠다.

다만, 머물지 못하는 것, 끊임없이 깨지고 부서지는 것,
부지런히 따라가도 결코 도달할 수 없는 아득함이라는 것만
겨우 짐작할 수 있다. 틀림없다.
이 봄이 가고 있다.
문득, 당신의 얼굴이 떠오른 이유다.

욕망하는 아줌마를 싫어한다.

좁은 주차 공간을 싫어한다.

차 앞으로 혹은 옆으로 지나는 위협적인 사이즈의 트럭을 싫어한다.

구불구불한 골목길을 싫어한다.

재료가 불순하거나 성의가 없는 음식점을 싫어한다.

약을 한꺼번에 먹는 것을 싫어한다.

뻔해 보이는 전형적인 사건을 싫어한다.

싫은 소리를 자꾸 하는 사람을 싫어한다.

반지 끼는 것을 싫어한다.

빚지는 것을 싫어한다.

공포영화와 재난영화를 싫어한다.

때로는 싫어하는 것으로 더 잘 파악되는 사람이 있다.

당신은 나를 모른다. 적어도 나의 불면의 밤들에 대해.
눈썹이 하얗게 세도록 삼킨 지난 약속들에 대해.
당신은 상상할 수도 없다. 가볍게 걷어간 무거운 말들이
나의 밤 속에서 얼마나 무성히 자라났는지.
깊고도 깊은 독백의 숲, 그 속에 메아리처럼 걸리던 달이
몇 번이나 제 모양을 바꾸었는지.
당신은 모른다.
아직도, 그리고 그 이후로도.

우리는 결국,

서로 다른 방식으로
같은 결론에 도달했다.

사랑도 이별도.

비가 내리는데 우산을 쓰지 않아야 하는 때가 있다.
오지 않는 사람을 기다리며 영하의 날씨에 떨어야 하는 때가 있다.
꽃이 폈다고 술을 마시는 때가 있는가 하면,
이젠 가을이라며 훌쩍 떠나야 하는 때가 있다.
돌아보니, 상처를 메우는 때였다.
너에게로만 향하던 길을 돌연
멈출 수 있던 때였다.

257

나는 이 겨울이 더 춥다.
더 배고프고, 더 외롭다.
숨만 쉬어도 눈물이 나고,
손가락만 까딱해도 온몸이 흔들린다.
가슴이
자꾸만
언다.

아무도 안을 수 없다.
자꾸만 되묻고 싶고,
자꾸만 뒷걸음질 친다.
너는 이런 내 마음을 잘 알고 있다.
그래서
더
아프다.

내가 기어이 너로부터 달아나는 이유,
오래오래 남기 위해서야.

네가 결코 다 알 수 없는 미지의 무엇으로
죽을 때까지 남아 있기 위해서.

당신을 만나며 깨달았다.
내게 가장 멀리 있는 사람은
당신이 아니었다.
나였다.
스스로와 아무것도 의논하지 않는 바로 나, 자신.

또 너무 가까이 갔다.
손이 닿을 듯 말 듯 한 거리.

적당히 가까운 게 좋다.
태양과 적당한 거리를 유지해야 지구에 꽃이 피는 그런 원리.

사랑에 희망이 있다면,
다음에는 더 좋은 사람을
만날 거라는 기대가 아니다.
지난 사랑이 헛된 것이 아니라는 데 있다.
그것으로 더 성숙해지고 더 견고해진다는 것,
그래서 더 오래 사랑을 간직할 수 있다는 것.